Nathalie Papin

# Mange-moi

Théâtre

*l'école des loisirs*
11, rue de Sèvres, Paris 6e

*ISBN 978-2-211-05172-9*

*Loi n° 49.956 du 16 juillet 1949 sur les publications*
*destinées à la jeunesse : février 1999*
*Dépôt légal : septembre 2007*
*Imprimé en France par Pollina s.a., à Luçon - n° 44606*

*Je dédie cette histoire*
*à l'ogre que j'aime.*

## Personnages

Alia

Des enfants

L'ogre

L'oiseau

Le mangeur de mémoire

La dévoreuse de temps

Le bonhomme

La dévoreuse de livres

# La grosse

*Un bruit de cour de récréation. Chahut. Bagarre.*

DES ENFANTS

Eh la grosse, si tu manges ton gâteau, tu vas éclater !

*Rires.*

Eh, regarde tout ce qu'il y a dans son sac. Trois Mars, deux ours en chocolat, quatre tartines à la confiture, deux bananes, du chocolat à boire, trois paquets de chips, deux de pitchs, cinq chocos BN, une lettre : « *Chérie, j'ai mis ton goûter ce matin dans ton sac avant de partir au travail. Je ne te réveille plus pour te faire un bisou, je crois que tu es assez grande pour t'en passer. Je préfère que tu dormes. Ce soir, je ne rentre pas, j'ai une réunion importante. J'ai mis tout ce qu'il faut dans le frigidaire, tu n'as qu'à réchauffer les spaghettis bolognaise, la tarte à l'oignon et au fromage. Dans le placard tu trouveras deux parts de tarte aux pommes et une de clafoutis. Je t'embrasse. À demain. P.S. Est-ce que tu aimes la confiture? Je ne m'en souvenais plus. J'en ai mis pour ton goûter.»*

La vache! On irait bien l'aider pour son dîner aussi.

ALIA

Rendez-moi mon goûter!

*Rires.*

DES ENFANTS

Tu nous nargues toujours avec tes goûters de princesse. Et puis, t'es toujours dans les pattes du maître. Tu fais ta sérieuse pour être la chouchoute. Tu veux te faire bien voir par lui pendant la récréation quand tu restes dans la classe à lire et que tu ouvres le dictionnaire toutes les minutes. Quand tu viens dans la cour, tu ne joues qu'au foot : c'est pour crâner avec les garçons. T'as des jeux bizarres, des jeux de grandes personnes. T'es bizarre.

ALIA

Si je lis le dictionnaire c'est qu'il me manque plein de mots. Je ne comprends pas tout ce que je lis.

*Rires.*

DES ENFANTS

C'est parce que t'es bête. Et puis ça sert à rien ce que tu fais : t'es même pas la première, la deuxième ou la dixième.

ALIA

Vous ne rirez pas longtemps quand j'aurai disparu, et que personne ne saura me retrouver.

DES ENFANTS

T'es même pas capable.

ALIA

Et vous, vous n'êtes même pas capables de me croire.

DES ENFANTS

T'es tellement grosse qu'on te retrouvera toujours. T'es tellement moche que personne ne voudra de toi.

ALIA

D'accord, je m'en vais. De toute façon, ça fait longtemps que j'avais envie de le faire. J'emporte le dictionnaire.

DES ENFANTS

Crâneuse ! T'as les boules. On voit bien que t'as les larmes aux yeux !

ALIA

Oui, j'ai les larmes aux yeux. Mais je ne vais pas pleurer devant vous. Adieu.

*Elle court en pleurant, elle trébuche, se reprend. Elle continue à courir longtemps. Puis elle ralentit. Elle s'assied devant un horizon. Elle regarde.*

*On entend un bruit de mastication qui devient de plus en plus fort.*

J'ai même pas peur ! Y a quelqu'un ? Ça doit être le bruit du paysage. Ça me donne faim ce bruit. Y a quelqu'un ? Est-ce que si y a quelqu'un il pourrait me donner à manger ?

*Le bruit de mastication s'intensifie. La moitié de l'horizon disparaît.*

Ben, ça alors ! C'est incroyable. Quand je raconterai ça à mes copains, ils seront épatés. Ouais... Enfin... Ils ne me croiront jamais.

*Le bruit s'atténue.*

Ça, c'est quelqu'un qui ne veut pas partager. C'est comme moi. Je voulais bien leur donner un petit peu de mon goûter mais pas trop. Parce que si je n'ai pas le ventre plein, j'ai l'impression que je vais m'envoler, très haut, très haut, plus loin que les étoiles, et les galaxies. Il paraît que dans l'univers il y a des trous noirs. J'ai peur de tomber dedans si je décolle. Alors je mange pour être lourde. J'ai faim ! J'ai mal quand j'ai faim. Je préfère mourir que d'avoir faim. Je suis grosse et les autres disent que c'est moche. Les éléphants c'est gros et c'est pas moche ! Le jour des contrôles, j'ai encore plus faim que d'habitude. Après le petit déjeuner que maman m'a mis sur la table, j'ouvre le frigidaire et je mange un peu de tout, même si c'est froid. Je fais attention à ce que ça ne se voie pas. À l'école, pendant le contrôle, je sens mon ventre qui bouge, qui grommelle, qui fait du bruit. Ça fait comme un ami qui travaille en même temps que moi. Et des fois j'ai des bonnes notes, pas toujours.

*Le bruit de mastication s'intensifie, l'horizon disparaît complètement.*

*Elle fouille dans son sac.*

Ils m'ont tout pris. Qu'est-ce que je peux faire avec un dictionnaire ? Rien. *(Elle arrache une page et la mange.)* Beurk ! On dirait du pain d'ange, on peut en manger des tonnes et ça fait rien.

*Elle cherche un mot.*

**Manger** : avaler pour se nourrir (un élément solide ou consistant) après avoir mâché. Absorber, ingérer, ingurgiter, prendre. Ingérer, qu'est-ce que ça veut dire ? S'introduire in-dû-ment sans en être re-quis… Y'a trop de mots que je ne comprends pas. Je n'y arriverai jamais.

*Elle jette le dictionnaire. Elle se couche en chien de fusil.*

Tant pis ! Le trou noir, il n'a qu'à m'avaler, je suis trop fatiguée.

*Elle s'endort.*

*Un squelette approche. Il a une tête d'ogre : gros yeux, grosses lèvres. Il regarde Alia.*

L'ogre

Je me demande comment j'ai pu en avaler autant. Ça n'a rien d'appétissant. Celle-ci plairait à beaucoup des miens. Toute ronde.

*Il consulte le dictionnaire.*

**Dévorer :** « On tira à la courte paille pour savoir qui serait mangé. » On n'en finira donc jamais. Les hommes aussi s'entre-dévorent. « Il veut le manger tout cru. » Les hommes ont peur des ogres, mais ils font la même chose.

# Mange-moi

*Alia se réveille, regarde l'ogre.*

ALIA

Bonjour, tu n'es pas beau. Qu'est-ce que tu manges ? J'ai faim.

*Il ne répond pas.*

T'es un trou noir qui avale les étoiles ?

L'OGRE

Non, je suis un ogre.

ALIA

Ça ne se voit pas.

L'Ogre

Tout ne se voit pas.

Alia

Si tu es un ogre, tu dois manger les enfants. Donc tu devrais me manger.

L'Ogre

Non, je n'aime pas les petites filles.

Alia

Tu préfères les garçons.

L'Ogre

Non, non, non.

Alia

Tu en as mangé quand même des enfants !

L'Ogre

Il y a longtemps avec beaucoup de réglisse.

Alia

Tu les croquais ?

L'Ogre

Je les gobais comme des œufs crus. Ils tombaient directement dans mon estomac.

ALIA

Ils restaient longtemps dans ton estomac ?

L'OGRE

Plusieurs jours. Certains se sont même débrouillés pour ne pas être digérés. Mon estomac est devenu une chambre à coucher.

ALIA

Et après ?

L'OGRE

Et après quoi ?

ALIA

Après les enfants devenaient quoi ?

L'OGRE

Je n'ai pas envie d'en parler.

ALIA

Je vois, tu as tes secrets. Laisse-moi deviner !... On est avalé. On n'a pas mal, on disparaît, on est dans un endroit où personne ne vient vous chercher, on a chaud, on voyage plus vite que les trains. Tu fais du combien à l'heure ?

L'OGRE

Je ne sais pas. Je peux enjamber plusieurs villes à la fois.

ALIA

Est-ce qu'on voit quelque chose à travers ton estomac ?

L'OGRE

J'avais installé une lunette comme dans les sous-marins.

*Alia rit, puis reste pensive. Silence. Puis elle se plante devant l'ogre, déterminée.*

ALIA

Mange-moi !

L'OGRE

Non !

ALIA

T'es un ogre ou t'es pas un ogre ?

L'OGRE

Je suis ogre et pas ogre. Voilà !

ALIA

C'est bien ma veine de tomber sur un ogre peureux, mou, et dégonflé. Ça oui, on peut dire que t'es complètement dégonflé.

L'OGRE

Laisse-moi tranquille. Je ne mange plus d'enfants depuis longtemps.

ALIA

Qu'est-ce que tu manges alors ?

*L'ogre ne répond pas.*

Tu mangeais bien quelque chose tout à l'heure. Tu en faisais un de ces bruits.

*Bouderie.*

L'OGRE

Si moi, je D-O-I-S manger les enfants parce que je suis un ogre, toi, petite fille, tu D-O-I-S avoir peur des ogres.

ALIA

Je n'ai pas peur du tout.

L'OGRE

Tant mieux !

ALIA

Je ne te comprends pas.

L'OGRE

Je dis tant mieux parce que ça prouve que je ne suis plus tout à fait un ogre.

ALIA

Faut savoir ce que tu veux. Tu te présentes comme un ogre, après tu me dis que ce n'est pas parce que ça ne se voit pas que tu n'es pas un ogre, et maintenant t'es pas tout à fait ogre ! Tu es trop compliqué pour moi.

L'OGRE

Compliqué mais content, je ne fais plus peur.

ALIA

Ça, c'est pas dit. Dans ma classe, je suis sûre qu'ils auraient peur de toi, même en os. T'as pas des copains ogres ? Des vrais, des qui croquent jusqu'à ce que ça saigne. Je connais une classe qui pourrait nourrir trois ou quatre ogres. *(Un temps.)* Qu'est-ce que tu as ?

L'OGRE

Tu parles comme eux. Tu parles comme les ogres. D'ailleurs tu ressembles à une ogrillonne, une petite ogresse.

ALIA

Parce que toi·tu crois que les enfants sont gentils ?

L'OGRE

Gentils, je ne sais pas. Ils ont beaucoup d'imagination. Ils m'amusent. Un jour, j'avais avalé une classe entière. Enfin, on m'avait forcé à avaler une classe. J'ai réussi à tous les gober. Je sentais bien qu'ils étaient vivants dans mon estomac. J'avais un ventre énorme. C'était une classe de musique. Ils avaient leurs instruments avec eux. Au début, ils cognaient contre les parois de mon estomac pour sortir puis ils se sont mis à jouer. Tout mon corps vibrait. D'abord, ils ont joué un air de flûte. Ça m'a bercé. C'était doux. Ensuite, ils ont joué du rock, et là, j'ai dansé. J'ai dansé très longtemps, déchaîné. Ça a créé un ou deux tremblements de terre mais je m'en foutais, je me sentais tout léger. Et petit à petit, j'ai maigri à vue d'œil, j'ai tellement maigri que je suis devenu transparent.

ALIA

Et après ?

L'OGRE

Après, je les ai régurgités. Ils étaient très contents, ils sont repartis chez eux en promettant de venir me voir.

ALIA

Ils sont revenus ?

L'OGRE

Non !

ALIA

Tu vois !

L'ogre

Tu vois quoi ?

Alia

Que les enfants ne sont pas tous gentils.

L'ogre

Ils oublient, c'est tout !

# Le dedans

*L'ogre ouvre ses côtes comme des fenêtres.*

ALIA

Qu'est-ce que tu fais ?

L'OGRE

Je prends l'air.

ALIA

Tu prends l'air ?

L'OGRE

Ou je digère si tu préfères.

ALIA

Et qu'est-ce que tu digères ?

L'OGRE

L'horizon.

ALIA

?

L'OGRE

L'horizon.

ALIA

C'est ce qui a disparu tout à l'heure quand j'entendais des bruits de mastication ?

L'OGRE

Oui.

ALIA

C'est ce que tu manges ?

L'OGRE

Oui.

ALIA

L'horizon, c'est pas une chose.

L'OGRE

Les choses existent quand on les voit. L'horizon, c'est ce qu'on voit au maximum.

C'est quand le regard ne peut pas aller plus loin. Quand il touche la limite du ciel, de la terre, des montagnes, de la mer.

ALIA

Et après l'horizon, il n'y a rien ?

L'OGRE

L'horizon recule toujours quand on avance.

ALIA

Alors toi comment tu fais pour l'attraper ?

L'OGRE

Il y a toujours une ligne qui trace l'horizon. Moi, je prends cette ligne, je la tire vers moi et tout vient : le ciel, la terre, la mer, les plaines, les montagnes. Et j'aime tout ça. Et j'avale tout d'un coup.

ALIA

Toi, t'es pire qu'un ogre ! Tu manges les paysages. Ça doit faire des dégâts.

L'OGRE

Ah bon ?

ALIA

T'es qu'un gros bêta glouton. Pourquoi tu ne fais pas comme les autres ogres ? Tu mangerais un enfant de temps en temps et voilà.

L'OGRE

Et toi, pourquoi tu n'es pas dans ta classe avec les autres ?

ALIA

Je suis partie parce que les autres me traitent. Ils me trouvent grosse.

L'OGRE

Moi, j'ai été expulsé de la cité des ogres parce que je recrachais les enfants et que je les renvoyais chez eux. J'ai appris à les aimer petit à petit. Ça m'intriguait tellement tout ce que je trouvais dans leurs poches : des billes, des pogues, des bonbons, des pièces, des voitures. Je mettais tout ça dans des bocaux… Un jour, le tribunal des ogres m'a convoqué. Tous les anciens ogres étaient là. Ils m'ont dit que je n'étais pas digne d'être un ogre, que j'étais dangereux. Ils m'ont expulsé. Du jour au lendemain. Dehors. Out… Ça a commencé quand j'étais petit : j'étais tellement gringalet que les autres me bousculaient et me croquaient dedans.

*Alia rit.*

Ça te fait rire !

ALIA

Ça fait longtemps que je n'avais pas ri.

*Ils rient tous les deux.*
*Alia bâille.*

J'ai envie de dormir !

*L'ogre ouvre ses côtes.*

L'OGRE

Installe-toi !

*Elle s'installe.*

Alia

T'as tellement maigri que ça fait des courants d'air. Et c'est pas confortable.

L'ogre

Je vais te faire une belle nuit.

*Il tire des fils et lui fait un hamac. Il tire une couverture bleu nuit avec des étoiles dessus. Il étale du sable sous elle.*

Alia

C'est beau ! Comment tu fais ça ?

L'ogre

C'est mon repas d'hier soir : un désert, une nuit étoilée, et les lignes d'horizon que je garde, ça peut toujours servir. Demain matin, j'irai en Chine gober un lever de soleil. Tu l'auras pour toi toute seule.

Alia

Il n'y a jamais de gens dans ce que tu manges ?

L'OGRE

Je fais bien attention. Et puis je ne mange jamais de villes.

ALIA

Ça serait marrant.

L'OGRE

Et après tu me dirais que je fais des catastrophes.

ALIA

Bonne nuit !

L'OGRE

Je ferme !

ALIA

Oh non ! Je vais avoir peur !

L'OGRE

Peur de quoi ? Je suis plus près que près. Et puis tu as les étoiles. Si ce n'est pas assez, je vais chercher une lune.

*Il ferme ses côtes. On ne la voit plus.*

# Sur le fil

*Un nouvel horizon s'installe avec une pleine lune.*

L'OGRE

Elle est énorme, toute ronde.

*Il l'avale.*

*Il fait tout noir.*

J'ai comme l'impression de faire des bêtises. Mais elles sont tellement délicieuses ces bêtises.

*Alia ronfle.*

C'est doux d'avoir quelqu'un qui dort dedans.

*Il la berce.*

Heureusement que personne ne me voit ! Je réalise un rêve. Pourquoi j'ai honte ?

Alia

Arrête de bouger s'il te plaît, ça me donne envie de vomir.

L'ogre

C'était trop beau… Accroche-toi, on part en Chine.

*Voyage en Chine. On entend le rire d'Alia.*
*Il avale un horizon avec coucher de soleil.*
*On entend le cri émerveillé d'Alia.*
*L'ogre est attendri.*

Alia

C'est magnifique. J'en veux encore plein.

L'ogre

Moi, ça me suffit. Prends le temps de le regarder !

Alia

J'en veux des jaunes, des rouges, des orange, des blancs.

L'ogre

Il faut attendre vingt-quatre heures, sinon

le soleil ne va plus se lever si je le gobe tout de suite.

ALIA

S'il te plaît, c'est tellement beau !

*L'ogre traverse des déserts, avale les horizons. Tout à coup, il fait tout noir.*

L'OGRE

Zut, j'ai exagéré.

ALIA

Je suis la reine de l'univers. Tous les soleils sont à moi.

L'OGRE

Moi, je ne vois plus rien.

ALIA

Pourquoi tu t'arrêtes ?

L'OGRE

Parce qu'il fait tout noir.

*L'ogre est dépité.*

Tu es trop gourmande !

ALIA

Ça va pas recommencer !

*Bouderies. Soupirs. Il la berce.*

L'OGRE

Elle me manque. Elle me manque beaucoup... Tout doucement. Alia ! Alia !

ALIA

*Avec une toute petite voix endormie.*

Oui.

L'OGRE

J'ai envie de te voir !

ALIA

Moi, je suis bien là.

L'OGRE

Je préfère que tu sois à côté de moi. Et puis je n'aime pas beaucoup être dans le noir.

ALIA

Bon d'accord.

*Il ouvre ses côtes. La lumière sort du ventre de l'ogre.*

ALIA

Il n'y a plus rien, t'as tout englouti.

L'OGRE

Je l'ai fait pour toi.

ALIA

Alors, on ne va rester que tous les deux ?

*Ils se blottissent l'un contre l'autre. Long silence.*

L'OGRE

Il y a encore des planètes, des galaxies. On n'a jamais fini. On peut aller jusqu'au néant.

ALIA

Et après ?

L'OGRE

On restera tous les deux.

ALIA

?

L'Ogre

Ce qui serait bien, c'est qu'on se mange.

Alia

Je pense à ma mère, à mon petit chien, à la boulangère, et à mon maître. J'ai envie de les revoir.

L'Ogre

Repars si tu veux.

Alia

Qu'est-ce que tu feras ?

L'Ogre

Je me mangerai moi-même.

Alia

Oh non.

L'Ogre

Je ne veux pas avaler toute la planète si tu veux y vivre. Mais j'ai un gouffre dedans qui m'appelle et je n'ai que moi pour le nourrir.

ALIA

Je veux encore m'installer sur ton sable.

*Elle rentre dans son ventre.*

Tiens, regarde ! Tu l'as avalé par hasard. C'est un oiseau savant : il est médecin, biologiste, anthropologue, ogriologue... J'ai oublié le reste. Il m'a dit que plus rien n'allait sur la terre. Il y a des catastrophes dans tous les coins du monde. Cette nuit la lune a disparu : pourtant il n'y avait pas d'éclipse prévue. Au début, j'ai cru que c'était une histoire mais quand je vois tout ce grand vide !

*L'oiseau sort.*

L'OISEAU

Dire suis-je où ? Chiuit.

ALIA

Vous sortez du ventre de l'ogre.

L'OISEAU

Ah, adbonmettons, que je sorte de la barcasse d'un gré. Content m'avoir bouté.

*Il remet ses plumes en place.*

Repères ? Pas de repèrpéré.

*Il sort une longue-vue, examine l'intérieur.*

Pas beau ! Ce gré est malade.

ALIA

Cet O-G-R-E.

L'OISEAU

Ce gré est malade.

ALIA

Qu'est-ce qu'il a ?

L'OISEAU

Il est a-n-o-g-r-e-x-i-q-u-e.

ALIA

Je comprends rien avec vos mots savants.

*L'oiseau ramasse le dictionnaire et le donne à Alia.*

**Anogrexique** : profond dégoût de la chair fraîche d'enfant. Les ogres peuvent en mourir…

L'oiseau

Divoyons que les grés s'envolparent.

Alia

Ça voudrait dire que les grés…

L'ogre

Les o-g-r-e-s !

Alia

… que les ogres disparaissent !

L'oiseau

Vraifaitement.

Alia

Ça ne te fait rien ?

L'ogre

Ça me ferait plutôt plaisir !

Alia

Ah oui ! Et moi ? Tu vas me laisser toute seule. Et les horizons, ça ne te nourrit pas ?

L'Ogre

C'est de la beauté : ça m'émerveille, mais ça ne me nourrit pas.

Alia

Et l'oiseau, toi qui as vu toutes sortes de choses, dis-moi ce qui pourrait le sauver ?

L'Oiseau

Ta prou.

Alia

Ma peur ?

L'Oiseau

Vraifaitement, ta prou. Un gré fonterre quand un grifanto n'a plus de prou pour lui. Il soinfalledevant que tu aies prou de lui.

L'Ogre

Tu peux traduire s'il te plaît !

Alia

Un ogre meurt quand un enfant n'a plus peur de lui. Il faut que j'aie peur de toi, tu vivras… *(À l'oiseau.)* Mais… ça veut dire qu'un enfant ne peut pas être l'ami d'un ogre ?

L'OISEAU

Vraifaitement.

ALIA

Non ! vous n'avez pas raison. Je veux qu'il vive et je veux être son amie.

L'OISEAU

Toi ! Tu l'enquebarbouzes ! Tu enquebarbouzes cette grande barcasse.

ALIA

Dis-le ! Dis-le comme nous ! Fais un effort !

L'OISEAU

*Avec un fort accent.*

Tu l'aimes. Tu aimes cette grande barcasse.

ALIA

Qu'est-ce que je peux faire ?

*L'oiseau lui dit quelque chose à l'oreille.*

Il faut que je parte pour t'aider, il faut que j'aille dans le monde des dévorants pour trouver le moyen de te nourrir. Mais toi pendant ce temps-là, tu ne dois rien manger. Tu dois m'attendre.

L'OGRE

Je ne peux pas attendre sans manger. Je vais mourir avant ton retour !

*L'ogre est très nerveux.*

Bon, j'attendrai ! Il m'est impossible de ne pas engloutir quelque chose, aussi, je me mangerai moi-même, un tout petit peu chaque jour. Il faudra que tu reviennes avant que la lune ne disparaisse.

L'OISEAU

Sinon plus de barcasse.

*L'ogre prend la lune dans son ventre et la lui donne.*

L'OGRE

Pour aller plus vite, tu passeras par moi : je vais tenir la ligne d'horizon, tu marcheras dessus. Je te regarderai disparaître. Reviens vite.

*Alia range son dictionnaire dans son sac à dos, met la lune dans une poche, pose son pied sur le fil et disparaît. L'ogre commence à se manger le doigt.*

C'est assez bon ! Les ogres devraient se goûter eux-mêmes avant de se gaver des autres.

# La mémoire

*Alia marche. Bruit de mastication. Rencontre avec un personnage.*

ALIA

Je peux goûter ?

LE MANGEUR DE MÉMOIRE

Prends !

ALIA

Beurk, on dirait du moisi.

LE MANGEUR DE MÉMOIRE

C'est de la moisissure moisie.

ALIA

Tu as l'air content de manger du moisi.

LE MANGEUR DE MÉMOIRE

Je suis plus que content, je suis comblé.

ALIA

Tu es seul ?

LE MANGEUR DE MÉMOIRE

Oui, personne ne peut venir ici.

ALIA

Si, moi.

LE MANGEUR DE MÉMOIRE

Oui, tiens c'est vrai. Je croyais que j'étais seul ici pour l'éternité. Ne voir personne pour l'éternité.

ALIA

T'es important alors ?

LE MANGEUR DE MÉMOIRE

Oui, très important.

ALIA

C'est utile d'être important ?

LE MANGEUR DE MÉMOIRE

Très utile.

Alia

C'est important d'être éternel ?

Le mangeur de mémoire

Oui, très important.

Alia

Où est-ce que tu trouves de la moisissure ?

Le mangeur de mémoire

Dans les mémoires, les souvenirs, les histoires.

Alia

Les mémoires des gens ?

Le mangeur de mémoire

Oui. C'est une immense réserve de moisi, il faut trier. Les meilleures sont les mémoires trouées comme du gruyère. Dans les mémoires, on trouve de tout.

Alia

Après les gens perdent la mémoire ?

Le mangeur de mémoire

Pas complètement. Je laisse les bons souvenirs. Il y en a moins d'ailleurs que les mauvais. Je débarrasse les gens de leur mémoire moisie. Un jour, elle pèse moins lourd. Ils ne savent pas pourquoi. Je me promène dans les villes, les parcs, les queues dans les grands magasins. Là, les gens rêvassent, planent. Moi, je vois des petits nuages décoller des têtes, je les attrape avec un filet. Quand la personne arrête de rêver, elle dit : j'ai sûrement oublié quelque chose mais quoi ?

ALIA

Tu voles aussi la mémoire des enfants ?

LE MANGEUR DE MÉMOIRE

Je ne vole pas, je débarrasse. À vrai dire, je préfère celle des vieux. Tu imagines bien pourquoi. C'est une trouvaille que j'ai faite pour devenir éternel : me nourrir de la mémoire des autres.

ALIA

Et être éternel, c'est quoi ?

LE MANGEUR DE MÉMOIRE

Pousse-toi ! Tu m'éblouis avec ta lumière.

ALIA

C'est la lune.

LE MANGEUR DE MÉMOIRE

Aucun intérêt.

ALIA

Si ! Elle me relie à quelqu'un.

LE MANGEUR DE MÉMOIRE

C'est mauvais.

ALIA

Je ne trouve pas. Être éternel, c'est quoi ?

LE MANGEUR DE MÉMOIRE

C'est ce qui n'a ni commencement ni fin.

ALIA

Il faut être tout seul pour être éternel ?

LE MANGEUR DE MÉMOIRE

C'est mieux. J'ai choisi cet endroit parce

que personne jamais personne ne peut me trouver. Ici nous sommes entre deux mondes. Le visible et l'invisible. La ligne d'horizon sépare les deux. Pour l'éternité c'est pas mal trouvé.

ALIA

Pourquoi personne ?

LE MANGEUR DE MÉMOIRE

Parce que je n'aime que moi.

ALIA

Ha ? Je vais te laisser.

LE MANGEUR DE MÉMOIRE

Attends ! Si tu veux rester avec moi, tu deviendras la deuxième personne la plus importante au monde.

ALIA

Non merci. Pour moi, la personne importante, c'est quelqu'un d'autre. C'est un ami. Un ogre. Je veux l'aider. Tu peux m'aider à l'aider ?

Le mangeur de mémoire

Je ne peux faire que ce que je sais faire : je peux grignoter sa mémoire. C'est énorme la mémoire d'un ogre et je crains une indigestion.

Alia

Dis-moi, ça lui fera quoi que tu manges sa mémoire ?

Le mangeur de mémoire

Il sera tout neuf. Sans passé. Quand il sera prêt, tire trois fois sur la ligne d'horizon. Je ferai ce qu'il faudra.

*Un quart de lune s'éteint.*

Alia

Il faut que je me dépêche.

*Alia disparaît.*

Le mangeur de mémoire

Je lui ai donné tout ce qu'elle voulait. Pourquoi j'ai fait ça ? On fait des choses sans comprendre parfois.

# Le temps

*Alia marche. Elle voit un personnage qui rote et semble digérer difficilement.*

LA DÉVOREUSE DE TEMPS

À te voir me regarder de cette façon, je suppose que tu veux goûter.

ALIA

Oui. *(Elle goûte.)* Beurk ! C'est tout gluant !

LA DÉVOREUSE DE TEMPS

C'est la meilleure chose au monde : c'est du temps !

ALIA

Je peux en emporter avec moi ?

La dévoreuse de temps

Le temps ça se gagne !

Alia

Comment ? Comment ça se gagne, le temps ?

La dévoreuse de temps

Tu dois rester à côté de moi, sans rien faire, sans bouger, sans parler. Tu dois être très discrète. Le temps est très sauvage : dès qu'on a un mouvement brusque, il s'échappe.

Alia

Je dois attendre combien de temps ?

La dévoreuse de temps

Tu ne dois même pas attendre. Tu dois être là, c'est tout. Ensuite, quand lui est là tu le manges. On ne peut posséder le temps qu'en le dégustant. Regarde, je ne vieillis pas, j'ai mes joues de jeune fille.

Alia

Tu dois avoir plein d'amoureux depuis le temps que tu es jolie.

La dévoreuse de temps

Je ne peux pas m'occuper du temps et être amoureuse à la fois.

Alia

Si j'en mange qu'une fois, ça me fera quoi ?

La dévoreuse de temps

Je ne sais pas, je le fais depuis toujours.

*Elles restent silencieuses et immobiles toutes les deux.*

J'avais oublié comment c'était bien d'être avec quelqu'un.

*Elles mâchouillent du temps.*

Alia

Comment ça s'emporte le temps ?

La dévoreuse de temps

Ça ne s'emporte pas, ça se fait venir. Je t'ai appris comment. Qu'est-ce que tu me donnes en échange ?

Alia

On ne peut rien donner sans échanger ?

La dévoreuse de temps

Je n'y ai jamais pensé… Maintenant que j'y pense, je te donne ce temps pour rien.

*Alia regarde la lune : elle est décroissante.*

Alia

Je n'aurai jamais le temps.

La dévoreuse de temps

Tu es têtue !

*Elle prend la lune et reste sans bouger. La lune gagne un croissant.*

J'aurais aimé te connaître plus, je vois que tu vas partir.

ALIA

J'ai une chose très importante à faire : je dois sauver quelqu'un et toi tu m'aides avec le temps. Je ne t'oublierai jamais.

LA DÉVOREUSE DE TEMPS

On dit ça !

ALIA

Non, moi, je ne l'ai jamais dit ! Et je fais ce que je dis : je ne t'oublierai jamais.

LA DÉVOREUSE DE TEMPS

Je te crois.

*Elle part.*

# Les yeux

*Alia court. Elle se cogne contre un personnage. Il a un ventre avec un énorme œil dessus, au milieu, fermé.*

ALIA

Tu dors ?

LE BONHOMME

Non, mon œil digère.

ALIA

?

LE BONHOMME

Mon œil digère une nageuse. Elle nageait loin des côtes. J'ai eu juste à ouvrir un œil pour l'avaler.

Alia

Et moi ? Tu pourrais m'avaler ?

Le bonhomme

Il faut d'abord que je te dévore des yeux.

Alia

Comment des yeux ? Tu n'as qu'un œil !

Le bonhomme

Deux ! Un très gros, et un tout petit. Le petit me sert de lampe. Les nageurs, les surfeurs, les planchistes croient voir une lumière de la côte : c'est moi qui cligne de l'œil. Ils ne peuvent pas résister. C'est une lumière hypnotique. Quand ils sont très près, je me retourne, j'ouvre mon œil, et mon regard les avale. J'en éprouve un grand plaisir, jusqu'au prochain. Qu'est-ce que tu veux ! Ça me déplaît d'être dérangé en pleine digestion.

Alia

Je visite.

Le bonhomme

Il n'y a rien à voir.

Alia

J'ai déjà vu beaucoup de choses : le mangeur de mémoire, la dévoreuse de temps.

Le bonhomme

Tu n'as encore rien vu ! Bien voir c'est dévorer des yeux.

Alia

Je ne sais pas s'il me reste beaucoup de chemin. Je vais retourner d'où je viens.

Le bonhomme

Tu ne peux pas ! Le retour en arrière est impossible sur la ligne d'horizon.

Il faut faire le tour entier de la terre.

Alia

C'est long !

Le bonhomme

Comment tu es arrivée ici ?

Alia

Grâce à un ogre. Tu l'as peut-être rencontré.

Le bonhomme

J'évite les ogres. On se ressemble trop.

Alia

Moi, j'en ai rencontré un qui n'est pas comme les autres. Il ne mange pas d'enfants.

Le bonhomme

C'est embêtant !

*Une énorme larme coule de l'œil du bonhomme.*

Alia

Il n'est pas encore mort, pourquoi tu pleures ?

*Il continue de pleurer.*

Pourquoi tu pleures à ma place ?

Le bonhomme

Parce que tu ne pleures pas.

ALIA

C'est important de pleurer ?

LE BONHOMME

Le chagrin emprisonné, c'est très mauvais. Ça pourrit. Je sais ce que c'est. Mes yeux retiennent les chagrins des autres quand je dévore des yeux.

ALIA

Tu ne m'as pas dévorée. Pourquoi tu pleures à ma place ?

LE BONHOMME

J'ai deviné.

ALIA

Tu crois que ça serait bien si mon ogre pleurait ?

LE BONHOMME

Bien sûr. C'est même la première chose à faire.

ALIA

Comment le faire pleurer ?

Le bonhomme

Tiens, prends ça. C'est du chagrin pur. Tu en mets une goutte sur ton ogre et ça libère tous ses chagrins.

Alia

Merci. Tu dévores les gens et tu sauves les ogres ?

Le bonhomme

Je ne les mange pas, je les dévore des yeux. C'est pas pareil. Les gens aiment bien qu'on les dévore des yeux.

Alia

Moi, je n'aime pas ça !

Le bonhomme

Taratata ! Maintenant pousse-toi, je vois un voilier qui arrive.

Alia

Adieu !

Le bonhomme

Peut-être pas !

# Les livres

*Alia sort le dictionnaire de son sac.*

ALIA

Je m'ennuie ! Si c'est comme ça entre deux mondes ! Il n'y a personne.

*Une grosse femme lui vole le livre et le mange.*

LA DÉVOREUSE DE LIVRES

Fameux !

ALIA

Qu'est-ce que je vais lire, moi, maintenant ?

LA DÉVOREUSE DE LIVRES

Lire ? Ha, ha, ha !

ALIA

Vous riez bêtement.

*La dévoreuse de livres rit de plus belle.*

LA DÉVOREUSE DE LIVRES

Lire. Comment peut-on encore lire des livres ? Surtout le dictionnaire.

*Elle continue à dévorer.*

ALIA

C'est vraiment bon ?

LA DÉVOREUSE DE LIVRES

Il n'y a rien de meilleur au monde. Je dévore les livres depuis que j'ai compris que c'était de la chair. Je travaillais dans une bibliothèque. Le soir j'entendais des petits bruits, parfois des petits rires. Dès que je m'approchais, ça se taisait. Un jour enfin une encyclopédie m'a invitée. Je me suis retrouvée devant une assemblée de mots tout nus. Ils ne savaient pas quoi faire de moi : j'avais deviné leur secret. Ils m'ont condamnée à mort. Alors je me suis jetée sur l'un d'entre eux pour le mordre. En le croquant, j'ai trouvé ça très bon. J'en ai mangé une bonne dizaine. Seulement, depuis ce jour, je n'ai jamais pu revenir dans le monde ordinaire. Je suis contente de voir le monde ordinaire venir à moi. Si vous êtes ici, il doit y avoir une raison peu ordinaire.

ALIA

Si, c'est très ordinaire : je veux aider quelqu'un que j'aime.

LA DÉVOREUSE DE LIVRES

Jusque-là, ça va. Et c'est qui ?

ALIA

Un ogre.

LA DÉVOREUSE DE LIVRES

J'avais bien dit, c'est déjà moins ordinaire. Et qu'est-ce qu'il a ?

Alia

Il n'a plus faim. Enfin, il ne veut plus manger ce qu'il mange d'habitude.

La dévoreuse de livres

Finalement, c'est assez ordinaire, il veut être quelqu'un d'autre.

*Elle donne à Alia un gros livre blanc.*

Tiens, c'est immangeable ! Il n'y a rien dedans, il n'y a rien d'écrit. Ça peut être utile à ton ogre. Il n'a qu'à écrire là-dedans ce qu'il veut être.

Alia

Et moi ? Je pourrai aussi ?

La dévoreuse de livres

Ça, c'est pas mon problème ! Écrire une histoire à deux, c'est pas facile. Faut essayer !

Alia

Je vous raconterai.

LA DÉVOREUSE DE LIVRES

Pas besoin. Je le saurai. Vous n'avez plus beaucoup de lumière.

ALIA

Pourvu que j'arrive à temps.

*Il ne reste qu'un mince filet de lumière sur la lune.*

# Le retour

*Alia, seule, court, le filet de lumière dans la paume. Elle retrouve l'ogre dans la même position qu'à son départ.*

ALIA

J'ai tout !

L'OGRE

…

ALIA

Oui, j'ai tout !

L'OGRE

…

ALIA

T'as pas l'air content ?

L'ogre

J'ai peur.

Alia

Ça ne te va pas de rester longtemps tout seul. D'abord, je t'ai sûrement manqué.

*Elle ouvre les côtes et s'installe.*

Je ne suis pas obligée de tout t'expliquer.

*Elle tire trois fois sur la ligne d'horizon.*

Ça c'est pour oublier. C'est pour oublier ton passé.

*L'ogre sourit.*
*Elle verse du chagrin.*

Ça c'est pour pleurer. C'est pour transporter ton chagrin hors de toi.

*Une larme coule.*
*Elle crée du temps. Elle s'assoit, immobile.*

Ça c'est pour prendre le temps qu'on veut.

*L'ogre l'invite.*
*Elle ouvre le livre blanc.*

Ça c'est pour la suite. Pour faire ton histoire, pour devenir ce que tu veux devenir.

L'OGRE

...

ALIA

Maintenant tu deviens ce que tu veux.

L'OGRE

Tu ne m'aimeras plus si je deviens quelqu'un d'autre.

ALIA

...

L'OGRE

Je préfère disparaître.

ALIA

Tout ce que j'ai fait n'a servi à rien.

L'OGRE

Si ! Ça a servi. Tu as fait une chose impossible pour moi, et moi j'ai réussi une chose impossible pour toi. Nous sommes amis. Même si je meurs, nous sommes amis.

ALIA

Non. Je ne veux pas que tu meures. Je veux que tu restes avec moi. Je veux te présenter à ma mère, à mon maître d'école, à plein de gens. Je veux t'apprendre à lire et à écrire. Toi, tu m'emmèneras dans tes paysages quand j'en aurai marre. On va vivre longtemps, on rira beaucoup. Ton rire à toi sera tellement énorme que des pays entiers riront en t'entendant. Ça secouera beaucoup la terre, mais le rire ça ne casse rien. Ça fera une planète riante, la première de l'univers. Tu vois, ils ont bien fait de t'expulser, les ogres, tu as fait quelque chose de bien. Évidemment, il y a toujours des gens qui trouveront ça bête, mais ça ne fait rien, on continuera. On ira voir les dévoreurs, on leur racontera notre histoire, des milliers de fois, ils ne seront jamais fatigués de l'entendre. Ils seront contents de faire partie de notre histoire. Et il nous arrivera des choses que je n'imagine même pas, des choses que je ne peux pas imaginer.

L'OGRE

Je ne peux pas me voir comme ça.

ALIA

Ça peut commencer à changer dès maintenant.

*L'ogre dicte à Alia.*

L'OGRE

Je voudrais un peu de chair sur mes os. Heu ! Un peu ou beaucoup ? Je ne sais pas.

ALIA

Je sens que ça va être long.

L'OGRE

Et le temps ? Tu as déjà oublié que nous pouvions le prendre.

*Elle rit. Il rit.*

*Ils s'allongent. L'ogre commence à passer de l'état de squelette à l'état de « chair et d'os ».*

L'OGRE

Stop ! J'ai peur ! Je ne veux pas redevenir comme avant.

ALIA

Tire trois fois sur la ligne du mangeur de mémoire. Tu as encore trop de mémoire.

L'OGRE

Et toi ? Si tu tirais trois fois sur la ligne. Et toi ? Si tu devenais toute neuve ? Et toi ? Si tu t'arrêtais un peu ? Et toi ? Si tu libérais ton chagrin ?

ALIA

Moi ? Je n'ai pas besoin de changer.

L'OGRE

Ah bon ?

*Grand silence.*

C'est vrai. Tu n'as pas besoin de changer… Tu es déjà toute changée !

*Alia se regarde. Ses habits flottent autour d'elle.*

ALIA

Je ne me sens pas pareille. Je me sens toute jolie.

L'OGRE

Normalement, c'est à moi de le dire.

*Rire.*

Pour tout complément d'information
(biographies d'auteurs, bibliographies,
recherches thématiques) :

www.ecoledesloisirs.fr